Mérat.

Liste
des
Travaux.
(1849.)

LISTE CHRONOLOGIQUE

DES

TRAVAUX SUR L'ANATOMIE PATHOLOGIQUE, LA MÉDECINE,

LA THÉRAPEUTIQUE, LA MATIÈRE MÉDICALE, LA BOTANIQUE, L'AGRICULTURE, L'HORTICULTURE ET LA LITTÉRATURE,

Imprimés ou Manuscrits

(DE 1803 A 1850),

DE

M. le Docteur MÉRAT (F.-V.),

Membre de l'Académie de médecine,
de la Société centrale d'agriculture, des Sociétés ou Académies de Rouen,
Lyon, Bordeaux, Lille, Auxerre, etc., etc.; correspondant de l'Académie royale
des sciences de Turin, officier de la Légion-d'Honneur,
chevalier de l'ordre du Christ de Portugal.

PARIS.

IMPRIMERIE DE L. MARTINET,

RUE MIGNON, 2.

Arrivé à l'âge de soixante-dix ans et à une époque avancée de ma carrière, j'ai cru devoir imprimer l'inventaire de mes travaux, pour m'en rappeler le nombre et la nature, pendant le demi-siècle qui vient de s'écouler. L'étude a été le besoin de tous mes instants ; je lui dois les jours tranquilles de ma vie simple et occupée ; elle m'a fait oublier, dans quelques occasions , les peines attachées à notre humaine nature, et auxquelles mon obscurité ne m'a pas toujours pu soustraire.

Paris, ce 31 décembre 1849.

Labor omnia vincit.
VIRGILE.

F. V. MÉRAT.

LISTE CHRONOLOGIQUE

DES

TRAVAUX SUR L'ANATOMIE PATHOLOGIQUE, LA MÉDECINE,
LA THÉRAPEUTIQUE, LA MATIÈRE MÉDICALE, LA BOTANIQUE, L'AGRICULTURE
L'HORTICULTURE ET LA LITTÉRATURE,

De M. le Docteur MÉRAT.

1803.

DISSERTATION SUR LA COLIQUE MÉTALLIQUE OU DES PEINTRES, 1 vol. in-8.
Paris, 22 messidor, an XI.

> (Thèse inaugurale)

OBSERVATIONS SUR UNE MALADIE ORGANIQUE DU COEUR. (*Journal de mé·le-cine de Corvisart, Boyer et Leroux*, tome VI, page 587. Paris, an XI.)

1804.

OBSERVATIONS SUR UN EMPOISONNEMENT PAR L'OPIUM. (*Journal de méde-cine, idem*, tome VIII, page 295. Messidor an XII.)

MÉMOIRE SUR LE TREMBLEMENT DES DOREURS SUR MÉTAUX. *Journal de mé-decine, idem.*, tome VIII, page 391, Thermidor an XII ; réimprimé à la suite de la 2ᵉ édit. de mon *Traité de la colique métallique*. (Voyez plus bas année 1812.)

> *Observation.* L'ouvrage de M. Darcet, sur l'*Art de dorer le bronze*, en contient un extrait, en forme de lettre, dans l'introduction.

ANALYSE de l'ouvrage de A.-P. DE CANDOLLE, intitulé : ESSAI SUR LES PRO-PRIÉTÉS MÉDICALES DES PLANTES COMPARÉES AVEC LEURS FORMES EXTÉ-RIEURES, in-4. 1810 (*Journal de médecine, id.*, tome VIII, page 558. Fruc-tidor an XII.) (Voyez 1816).

1805.

ANALYSE DU TRAITÉ DES MALADIES DU FOIE, de SAUNDERS (*Journal de médecine, id.*, tome X, page 144. Floréal an XIII.)

ANALYSE DU TRAITÉ DE MATIÈRE MÉDICALE, de SCHWILGUIÉ. (*Journal de médecine, id.*, tome X, page 394. Thermidor an XIII.)

OBSERVATIONS SUR DES TUBERCULES TROUVÉS DANS LE CERVEAU. (*Journal de médecine, id.*, tome XI, page 3. Vendémiaire an XIV.)

ANALYSE DU MÉMOIRE ET OBSERVATIONS DE MÉDECINE PRATIQUE SUR LES MALADIES CAUSÉES PAR LES ABERRATIONS DU LAIT, de LAGRÉSIE. (*Journal de médecine, id.*, tome XI, p. 232. Brumaire an XIV.)

1806.

ANALYSE DES PRINCIPES GÉNÉRAUX DE PHARMACOLOGIE, de BARBIER. (*Jour-nal de méd. cine, id.*, tome XI, page 375. Février, 1806.)

ANALYSE DU MÉMOIRE POUR SERVIR A L'HISTOIRE NATURELLE DES SANGSUES, par THOMAS. (*Journal de médecine, id.*, tome XI, p. 471. Mars 1806.)

ANALYSE DE LA PHYTOGRAPHIE ENCYCLOPÉDIQUE, ou *Flore de Lorraine*, par WILLEMET. (*Journal de médecine, id.*, tome XI, p. 553. Avril 1806.)

ANALYSE de l'ouvrage ayant pour titre : FLORA GALLICA (*pars prima*), de LOISELEUR DESLONGCHAMPS. (*Jour. de méd , id.*, t. XI, p. 722. Juin 1806.)

MÉMOIRE SUR LA PRÉSENCE DE L'ADIPOCIRE DANS LE CORPS DE L'HOMME VI-VANT. (*Mémoires de la Société médicale d'émulation de Paris*, tome VI, page 400. 1806.) — (Tirage à part.)

1807.

ANALYSE DE LA FLORA GALLICA (*pars secunda*), de LOISELEUR DESLONG-
CHAMPS. (*Journal de médecine, id.*, tome XIII, page 375. 1807.)

1808.

ANALYSE DES NOUVEAUX ÉLÉMENTS DE THÉRAPEUTIQUE, par ALIBERT. *Journal de médecine, id.*, tome XVI, page 65. 1808.)

1809.

ANALYSE DES NOUVEAUX ÉLÉMENTS DE BOTANIQUE, par HANNIN. (*Journal de
médecine, id.*, tome XVII. page 318. 1809.)

ANALYSE DE L'*Interpres clinicus*, de KLEIN, *edente Double*. (*Journal de médecine, id.*, tome XVII, page 383. 1809.)

1810.

RÉFLEXIONS SUR LES MÉDICAMENTS. (*Journal de médecine, id.*, tome XIX,
page 273 et 351. 1810) — (Tirage à part.)

ANALYSE DE LA NOTICE SUR LES PLANTES A AJOUTER A LA FLORE DE FRANCE,
par LOISELEUR DESLONGCHAMPS. (*Journal de médecine, id.*, tome XIX,
page 459. 1810.)

ANALYSE DU COURS DE MATIÈRE MÉDICALE COMPARÉE, par BODARD, et d'un
MÉMOIRE SUR LES PROPRIÉTÉS MÉDICALES DE LA CAMOMILLE NOBLE, par le
même. (*Journal de médecine, id.*, tome XX. page 222. 1810.)

ANALYSES DES RECHERCHES HISTORIQUES, BOTANIQUES ET MÉDICALES SUR LES
NARCISSES INDIGÈNES, par LOISELEUR DESLONGCHAMPS. (*Journal de médecine, id.*, tome XX, page 491. 1810.)

1811.

MÉMOIRE SUR L'EXHALATION SANGUINE. (*Mémoires de la Société médicale
d'émulation de Paris*, tome VII, page 30. 1811.) — (Tirage à part.)

OBSERVATIONS DE PARALYSIE DU REIN. (*Bulletin de la Société de la Faculté
de médecine de Paris*, tome II, page 185. 1811.)

1812.

NOUVELLE FLORE DES ENVIRONS DE PARIS, 1 vol. in-8 de 420 p. Paris, 1812.

ANALYSE DES EXPÉRIENCES SUR LE PRINCIPE DE LA VIE, par LEGALLOIS.
(*Journal de médecine, id.*, tome XXIV, page 393. 1812.)

RAPPORT (avec M. Deschamps, de l'Académie des Sciences) SUR UN CAS DE
DÉCOLLEMENT DE L'ÉPIPHYSE DE L'HUMÉRUS, par M. CHAMPION. (*Bulletin
de la Société de la Faculté*, tome III, p. 117. 1812)

TRAITÉ DE LA COLIQUE MÉTALLIQUE, 1 vol. in-8 de 308 pages. Paris, 1812.)

Observation. C'est la deuxième édition de ma thèse avec des corrections et
augmentations, et l'addition du *Mémoire sur le tremblement des doreurs sur métaux,*
indiqué plus haut (année 1804).

1813.

RAPPORT SUR UNE OBSERVATION D'HYDROCÈLE PAR ÉPANCHEMENT, guérie
par l'injection laissée dans la cavité du sac, par DUBREUIL. (*Journal de médecine, de Sédillot*, tome XLVII, p. 34.)

DICTIONNAIRE DES SCIENCES MÉDICALES. — Mots traités : CARDITE, tome IV.
— COEUR (Maladies du), tome V.

1814.

NOTICE SUR UNE ÉPIZOOTIE CONTAGIEUSE PARMI LE GROS BÉTAIL. (*Gazette de
santé.* Avril 1814.) — (Tirage à part.)

Observation. Elle a eu trois éditions, parce que le gouvernement en fit distri-
buer dans les lieux où l'épizootie, qui suivait les armées alliées, s'était répandue.

ANALYSE DU MÉMOIRE SUR LA MALADIE ÉPIZOOTIQUE QUI RÈGNE ACTUELLE-
MENT, par GOHIER. (*Journal de médecine, de Leroux*, t. XXXI, p. 95.)

ANALYSE DE L'ESSAI SUR LES FAUSSES MEMBRANES, par VILLERMÉ (Thèse inau-
gurale.) *Journal de médecine, de Leroux*, tome XXXI, p. 300.)

TRAITÉ DE PHARMACIE, DE SIMON MORELOT, 2ᵉ édition, publiée avec des
notes, corrections et additions, par moi, 3 vol. in-8. Paris, 1814.

ANALYSE DE LA NOUVELLE AGROSTOGRAPHIE, de PALISSOT-BEAUVOIS. (*Journal
de médecine de Leroux*, tome XXX, page 84. 1814.)

1815.

RAPPORT SUR LE RHUMATISME DU CŒUR, par MATTHEY. (*Journal général de
médecine*, tome LII, page 157. 1815.)

RAPPORT SUR UNE HYDROPISIE INTESTINALE, par LALAURIE. (*Journal général
de médecine*, tome LIII, page 246. 1815.)

DICTIONNAIRE DES SCIENCES MÉDICALES. — EXHALATION, tome XIV.

1816

ANALYSE DU MANUEL DE LA SAIGNÉE, par VIEUSSEUX. (*Journal de médecine
de Leroux*, tome XXXVI, page 279. 1816.)

ANALYSE DE L'ANATOMIE PATHOLOGIQUE, de CRUVEILHIER. (*Journal général
de médecine de Sédillot*; 1ʳᵉ partie, tome LVII, page 342; 2ᵉ partie, tome
LVIII, page 363. 1816.)

ANALYSE DE L'OUVRAGE INTITULÉ : JARDIN BOTANIQUE DE LA FACULTÉ DE
MÉDECINE, de POITEAU. (*Journal de médecine de Leroux*, tome XXX,
page 177.)

ANALYSE DE L'ESSAI SUR LES PROPRIÉTÉS MÉDICALES DES PLANTES, COMPA-
RÉES AVEC LEURS FORMES EXTÉRIEURES, par A.-P. DE CANDOLLE, 2ᵉ édit.
(*Journal de médecine de Leroux*, tome XXXVII, page 282. Voy. 1804.)

DICTIONNAIRE DES SCIENCES MÉDICALES. — FOIE, t. XVI. — FUCUS, t. XVII.

NOTICE SUR JUSTE BODIN, de la société de médecine du département de la Seine.
(*Journal de médecine de Leroux*, tome XXXIX, page 105.)—(Tirage à part.)

1817

ANALYSE DE L'HISTOIRE MÉDICALE, GÉNÉRALE ET PARTICULIÈRE DES MALA-
DIES ÉPIDÉMIQUES, d'OZANAM, tome I. (*Journal de médecine, de Leroux*,
tome LX, page 137.)

ANALYSE DU DENTISTE DE LA JEUNESSE, par DUVAL. (*Journal de médecine,
de Leroux*, tome LX, page 147.)

NOUVEAUX ÉLÉMENTS DE BOTANIQUE, 1 vol. in-12 de 408 pages. Paris, 1817,
4ᵉ édition.

> *Observation.* C'est le cours de botanique de M. le professeur Desfontaines, au
> Jardin des plantes, publié avec son approbation, et auquel j'ai fait des additions,
> corrections, etc.

DICTIONNAIRE DES SCIENCES MÉDICALES. —GLOBULAIRE, tome XVII. — HA-
CHETTE ANATOMIQUE, avec planche, tome XX.|— HÉMIPLÉGIE, *id.* —
HERBE, tome XXI. — HERBIER, *id.* — HYDRAGOGUES, tome XXII.

> *Observation.* A partir du volume XVII la direction des 43 derniers de cet ou-
> vrage m'a été confiée.

1818.

RAPPORT de MM. MÉRAT et BÉCLARD sur un MÉMOIRE DE M. BOURDON, RE-
LATIF AU VOMISSEMENT. (*Bulletin de la Société de la Faculté de médecine
de Paris*, tome VI, p. 243.)

> *Observation* Il a été tiré à part et joint par M. Bourdon à son mémoire.

DESCRIPTION DE NOUVELLES LATRINES, connues sous le nom de FOSSES MO-
BILES INODORES, avec fig. (*Journal complémentaire des sciences médi-*

cales, tome II, page 238.) C'est le complément du mot LATRINES, du *Dictionnaire des sciences médicales*.

DICTIONNAIRE DES SCIENCES MÉDICALES. — INDIGESTES (aliments), tome XXIV. — INFILTRATION, *id.* — INTERCOSTAL, tome XXV. — INTERRO-GATION DES MALADES, *id.* — IPÉCACUANHA, avec 2 planches, t. XXVI. — LARDACÉ (tissu), tome XXVII. — LÉSIONS ORGANIQUES, *id.* — LIMONADE, tome XXVIII.— LIQUEURS DE TABLE, *id.* — LOCAL, *id.* — MACER, tome XXIX. — MAÏS, *id.* — MALABATRUM, tome XXX. — MALADIES DES ARTISANS, *id.* — MALADIES VITALES, *id.* — MALIGNITÉ, *id.* — MANNE, *id.*

1819.

NOTICE SUR F. P. CHAUMETON. (*Journal général de médecine, de Sédillot,* tome LIX, page 413.)

RAPPORT A LA SOCIÉTÉ DE MÉDECINE DU DÉPARTEMENT DE LA SEINE SUR LE CONCOURS RELATIF A LA CLASSIFICATION DES MÉDICAMENTS. (*Journal général de médecine,* tome LXV, page 21.)

REMARQUES AU SUJET D'UNE NOTE DE M. D'AVRIGNY SUR LA NULLITÉ PRÉ-TENDUE DE LA VALEUR DE LA PERCUSSION DE LA POITRINE. (*Journal gé-néral de médecine,* tome LXVII, page 252.)

RAPPORT, AU NOM D'UNE COMMISSION, SUR UN MODÈLE ANATOMIQUE REPRÉ-SENTANT LA MYOLOGIE HUMAINE, INVENTÉ ET COMPOSÉ par M. AMELINE, docteur-médecin à Verdun. (*Journal général de médecine,* t. LXX. p. 61.)

DICTIONNAIRE DES SCIENCES MÉDICALES. — MARC (bain de), tome XXXI. — MASTICATOIRES, *id.* — MATELAS, *id.* — MATELASSIERS (maladies des), *id.* — MÉCHOACAN, *id.* — MÉDECINE DES PAUVRES, *id.* — MÉDECINE (purga-tion), *id.* — MÉLAMBO, tome XXXII. — MÉLANAGOGUE, *id.* — MÉLANOSE, *id.* — MELÆNA, *id* — MENOSTASIE, *id.* — METAPTOSE, tome XXXIII. — MÉ-TÉORISME, *id.* (1). — MIELS PHARMACEUTIQUES, *id.* — MIROITIERS (maladies des), *id.* — MOLDAVIQUE, tome XXXIV. — MONOPHAGE, *id.* — MOUSTI-QUES, *id.* — MUCILAGES, *id.* — MUCOSITÉ, *id.* — MUSC, *id.* — MUSCADE, *id.* — MYROBOLANS, tome XXXV. — MYRRHE, *id.* — NANARIS, *id.* — NARD, *id.* NAVIGATION, *id.* — NERVIN, *id.* — NOIX, tome XXXVI. — NOLI ME TAN-GERE, *id.* - NOUFFER (remède de), *id.* — ODONTALGIE, tome XXXVII. — OEDEME, *id.* — OEUF, *id.* — OFFICINAL, *id.* — OLIBAN, *id.* — ONGUENT, *id.* OPIUM. *id.* — OPOBALSAMUM, *id.* — ORAGES, *id.* — ORDONNANCES, *id.* — ORGANES lésions physiques des), tome XXXVIII.— OUVERTURES (avec une planche représentant un casse-tête de mon invention), *id.* — OXYCRAT, tome XXXIX. — OXYMEL, *id.* — PAIN, *id.* — PALPITATIONS, *id.* — PA-PAYER, *id.* — PARACENTÈSE, *id.* — PARALYSIE DES VISCÈRES, *id.* — PA-REIRA BRAVA, *id.* — PARFUMEURS (maladie des), *id.* — PECTORAUX, tome XL. — PECTORILOQUE, avec fig., *id.* — PÉDILUVE, *id.* — PEINTRES (maladie des), *id.* — PERCUSSION DE LA POITRINE, *id.* — PÉRICARDITE, *id.*

1820.

SUR L'IPECACUANHA BLANC. (*Bull. de la Soc. de la Faculté,* tome VII, p. 89.)
    Observation. Cette notice complète mon article IPÉCACUANHA du Dictionnaire des sciences médicales.

LETTRE A M. LE RÉDACTEUR DU JOURNAL COMPLÉMENTAIRE DU DICTIONNAIRE DES SCIENCES MÉDICALES, AU SUJET D'UNE NOTE DE LA THÈSE DE M. A. RICHARD, SUR L'HISTOIRE NATURELLE ET MÉDICALE DES IPÉCA-CUANHA, avec figures. (*Journal complémentaire des sciences médicales*)

RAPPORT SUR LES VERTUS ANTIHYDROPHOBIQUES de la SCUTELLARIA LATE-RIFLORA. (*Bulletin de la Société de la Faculté,* tome VII, p. 191. 1820.)

DICTIONNAIRE DES SCIENCES MÉDICALES. — PHARMACOLOGIE, tome XLI. —

---

(1) J'ai le premier indiqué la possibilité de la perforation des parois abdominales et intestinales dans le météorisme de cette région, opération exécutée depuis plusieurs fois avec succès par M. Velpeau.

PHLEGMAGOGUE, *id.* — PIGNONS, tome XLII. — PISSASPHALTE, *id.* — PLATRIERS (maladies des), tome XLIII.— PLÉNITUDE, *id.* — PLÉTHORE, *id.* — PLOMB (usage médical du), *id.* — PLOMBIERS (maladies des), *id.* — POIS A CAUTÈRE, *id.* — POIVRIER, tome XLIV. — POIX, *id.* — POLYPHARMACIE, *id.* — POLYPIFORMES (concrétions), *id.* — PORRIGO, *id.* — PORTEFAIX (maladies des), *id.* — PORTIERS (maladies des), *id.* — POTIERS (maladies des), *id.* — PRESSION ABDOMINALE, tome XLV. — PRIVATION, *id.* — PRODUCTIONS COMPOSÉES, *id.* — PROFESSIONS. *id.* — PROMENOIR, *id.* — PROSTITUTION (addition), *id.* — PUITS (maladies des cureurs de), tome XLVI. — PULSIMANTIE, *id.* — PURIFORME, *id.* — PUTRÉFACTION, *id.* PUTRIDITÉ, *id.* — QUASSIA, *id.* — QUINQUINA (avec M. Laubert), *id.* — QUINQUINA FACTICE, *id.* — QUIPROQUO D'APOTHICAIRES, *id.* — RACINE DE JEAN LOPÈZ, tome XLVII. — RAISINÉ, *id.* — RALE, *id.* — RAMOLLISSEMENT, *id.* — RAMONEURS (maladie des), *id.* — RATANHIA (avec M. Fée), *id.* — RÉSINE (avec M. Fée), *id.* — RÉSOLUTIFS, *id.* — RÉSORBANTS, *id.* — RÉVULSIFS, tome XLVIII. — RHUBARBE (avec M. Fée), *id.* — RHUM, *id.* — RICIN, tome XLIX. — ROCOU, *id.* — RUBÉFACTION, *id.* — RUBÉFIANTS, *id.* RUM, *id.* — SAFRAN, *id.* — SAGAPENUM, *id.* — SAGOU, *id.* — SALEP, *id.* — SALSEPAREILLE, *id.* - SANDARAQUE, *id.* — SANG-DRAGON, *id.* — SANGSUES, *id.* — SANTAL. *id.* — SAPOTILLE, *id.* — SARCOCOLLE, tome L, — SASSAFRAS, *id.* — SCAMMONÉE, *id.* — SCILLE, *id.* — SCUTELLAIRE, *id.* — SEBESTES, *id.* — SECRETS (remèdes), *id.* — SEMEN CONTRA, *id.*

1821.

NOTICE SUR J.-N. CORVISART. (*Journal général de médecine*, tome LXXVII, page 109.) — (Tirage à part.)

NOUVELLE FLORE DES ENVIRONS DE PARIS. 2 vol. in-18. Paris, 2ᵉ édition.
> *Observation.* Le premier volume contient la Cryptogamie, qui n'existait pas dans la première édition de 1812.

DICTIONNAIRE DES SCIENCES MÉDICALES. — SENÉ, tome LI. — SÉNÉKA, *id.* — SERINGUE, *id.* — SERPENTAIRE, *id.* — SERRURIERS (maladies des), *id.* — SIMAROUBA, *id.* — SINAPISME, *id.* — SODIUM (avec M. Fée), *id.* — SOLIDISME, *id.* — SOUDE (avec M. Fée), tome LII. — SOUFRE, *id.* — SOUPE, *id.* — SPÉCIFIQUES, *id.* — SQUINE. *id.* — STERNUM (fractures du), *id.* — STOMACHIQUES, tome LIII. — STORAX, *id.* — STYPTIQUES, *id.* — STYRAX, *id.* — SUCCÉDANÉ, *id.* — SUCCIN, *id.* — SUCCION (des enfants), *id.* — SULFATES (avec M. Fée), *id.* — SULFITES (avec M. Fée), *id.* — SUPERPURGATION, *id.* — SUPPOSITOIRE, *id.* — SYMPATHIQUE (poudre), *id.* — TABAC, tome LIV. — TACAMAQUE, *id.* — TÆNIA, *id.* — TAFFETAS, *id.* — TAILLEURS (maladies des), *id.* — TAMARIN, *id.* — TAPIOKA, *id.* — TARENTISME, *id.* TARENTULE, *id.* — TÉRÉBENTHINE (avec M. Fée), *id.* — THÉ, tome LV. — THÉATRE, *id.* — THÉORIE, *id.* — TIMIDITÉ, *id.* — TISANE, *id.* — TISSERANDS (maladies des), *id.* — TISSUS (lésions des), *id.* — TOPIQUES, *id.* — TOUX, *id.* — TREMBLEMENT, *id.* — TREMBLEMENT (mercuriel), *id.* — TREMENS (DELIRIUM), *id.* — TRICOCÉPHALE, *id.* — TRUFFE, tome LVI. — TUNIQUE, *id.* — TURBITH VÉGÉTAL, *id.* — UROMANCIE, *id.* — URTICATION, *id.* — VAGISSEMENT, *id.* — VANILLE, *id.* — VANILLON, *id.* — VÉGÉTALE (colique), tome LVII. — VÉGÉTATION, *id.* — VERMIFUGES, *id.* — VERRIERS (maladie des), *id.* — VÉSICANTS, *id.* — VÉSICATOIRE, *id.* — VIDANGE (hygiène), *id.*

1822.

NOUVEAUX ÉLÉMENTS DE BOTANIQUE, un vol. in-12 de 428 pages, Paris, 5ᵉ édition.

DICTIONNAIRE DES SCIENCES MÉDICALES. — VIEILLESSE, tome LVIII. — VINS MÉDICINAUX. *id.* — VINAIGRES MÉDICINAUX, *id.* — VIPÈRES, *id.* — VIREUX, *id.* — VULNÉRAIRES SUISSES (plantes). *id.* — VULNÉRAIRE (thérapeutique), *id.* — WINTERANE, *id.* — ZEDOAIRE, *id.* — ZERUMBET, *id.* — ZINC, *id.*
> *Observation.* Le tome LIX du *Dictionnaire des sciences médicales* contient la table des matières.

Appendices du Dictionnaire des sciences médicales, formant le tome LX.

> *Observation.* Tous les articles sont de moi, excepté quelques uns signés par les auteurs : j'indique ici les principaux d'entre les miens.

Blennorrhagie. — Briou (eaux minérales du).—Frotteurs (maladies des). — Hémorrhagie des enfants. — Maladie tachée de Werlhof. — Menuisiers (maladies des).— Nageurs (maladies des). — Pectoriloque. — Postillons (maladies des). — Prêtres (maladies des). — Quinine. — Semen contra. — Tamponnement. — Xénie (présent aux médecins).

> Plus une multitude d'articles dans tous les volumes du *Dictionnaire des sciences médicales*, signés des initiales F, V, M , ou faits en collaboration et signés M , G ; M, P; M, H.

1823.

Rapport sur une observation de M. Bry. relative a un empoisonnement par l'oenanthe crocata , Lin. (*Journal général de médecine*, tome LXXXII, pages 65 et 300.)

Rapport sur l'usage de la valériane dans l'épilepsie, par Chauffard. (*Journal général de médecine*, tome LXXXIII, p. 312.)

De la vertu de l'écorce de la racine de grenadier contre le tænia. (*Journal complémentaire des sciences médicales*, tome XVI, page 24).

Notice sur des tænias différents de l'espèce ordinaire, avec figures. (Même recueil, tome XVI, page 193.)

1824.

Rapport sur des observations de fièvres intermittentes guéries par le sulfate de quinine, par M. Lavielle. (*Journal général de médecine*, tome LXXXVII. page 306.)

Rapport sur une notice relative a la potion de Rivière, par M. Guyot. (*Journal général de médecine*, tome LXXXVII, page 316.)

1825.

Analyse de la Flora libyca, *auctore* Viviani, Gênes, 1824. (*Bulletin des sciences naturelles de Férussac*, tome IV, page 223, 1825.)

Analyse de l'ouvrage ayant pour titre : *Generum tribuumque plantarum umbelliferarum nova dispositio*, auctore Koch. (*Bulletin des sciences naturelles de Férussac*, tome IV, page 354, 1825.)

Rapport sur un mémoire de M. Léon Dufour, relatif aux vers humains, surtout au lombricoïde. (*Journal général de médecine*, t. XCII, p. 356.)

1826.

Articles dans le tome XII du Dictionnaire de médecine de l'Encyclopédie méthodique par ordre de matières, tome XI.

Analyse de l'ouvrage intitulé : Histoire médicale des marais de Monfalcon. (*Bulletin des sciences médicales de Férussac*, tome IX, page 154.)

Analyse d'une notice sur les nouvelles règles de l'art de formuler, par Briant. (*Bulletin des sciences médicales de Férussac*, tome X, page 173.)

1827.

Notes sur l'emploi du Sedum acre (Lin.) comme anti-épileptique. (*Journal général de médecine*, tome XCVIII, page 162.)

Articles (Continuation d') dans le Dictionnaire de médecine de l'encyclopédie par ordre de matières, tome XII.

Notice sur de nouveaux traitements de la colique métallique et sur la nouvelle méthode proposée pour sa guérison, par M. Ranque. (*Journal général de médecine*, tome XCIX, page 391.)

Analyse de l'ouvrage intitulé: Notice sur la vie et les écrits de P.-F. Percy, par Laurent. (*Journal général de médecine*, tome CI, page 40.)

Notice sur l'extension a donner a la culture du grenadier. (*Annales des séances de la Société d'horticulture*, tome I, page 192.)

1828.

Analyse du traité de la coqueluche , par M. Desruelles. (*Bulletin des sciences médicales de Férussac*, tome XIII, page 163.)

Analyse d'une nouvelle notice sur les plantes a ajouter a la flore française, par Loiseleur-Deslongchamps. (*Bulletin des sciences naturelles de Férussac*, tome XIII, page 327.)

Analyse de l'anatomie et physiologie pathologiques sur plusieurs maladies des enfants et des nouveaux-nés, par M. Denis. 1 vol. in-8°. (*Bulletin des sciences médicales de Férussac*, t. XIV, p. 232.) Voy. 1827.

Notice sur la culture des palmiers faite a Passy, par M. Fulchiron. (*Annales de la Société d'horticulture*, tome III, page 279.) — (Tirage à part.)

Seconde notice sur les traitements proposés contre la colique métallique (*Journal général de médecine*, tome CIV, page 74.)

Analyse de la seconde édition de la *Flora gallica*, par Loiseleur-Deslongchamps. (*Bulletin des sciences naturelles de Férussac*, tome XIV, page 372.)

Note sur la présence des feuilles de redoul dans le séné du commerce. (*Journal général de médecine*, tome CV, p. 210.)

Articles (Continuation d') dans l'Encyclopédie de médecine par ordre de matières.

Prospectus du Dictionnaire universel de matière médicale et de thérapeutique générale. (Voy. les années 1829, 1830, 1831, 1832, 1833, 1834 et 1846.)

1829.

Articles ' Continuation d') dans l'Encyclopédie de médecine par ordre de matières.

Analyse de la flore générale de la France , par Loiseleur Deslongchamps. (*Bulletin des sciences naturelles de Férussac;* 1re partie, tome XVI, p. 257. — 2e partie, tome XVIII, p. 77.)

Dictionnaire universel de matière médicale et de thérapeutique générale, tome 1er. (Avec M. Delens.)

Notice sur un nouveau genre, le Durieua, de la famille des Scrophulaires. Fig. (*Mémoire de la Société de Lille* pour 1829.) — (Tirage à part.)
> *Observation.* Ce genre nouveau est le même que le *Lafuentea* de Lagasca, décrit dans son *Genera et Species plantarum.* (Madrid, 1816); ouvrage inconnu en France à cette époque, à cause du séquestre mis sur le cabinet de l'auteur, réfugié en Angleterre par suite des événements politiques de la Péninsule à cette époque.

1830.

Dictionnaire universel de matière médicale et de thérapeutique générale. (Avec M. Delens.) Tome II.

Analyse du Nouvel herbier de l'amateur . par Loiseleur Deslongchamps. (*Bulletin des sciences naturelles de Férussac*, tome XX, p. 130, 1er article ; *id.* 2e article, tome XXII, p. 272.)

1831.

Dictionnaire universel de matière médicale et de thérapeutique générale. (Avec M. Delens.) Tome III.

10

EXAMEN DES GENRES APARGIA ET THRINCIA , AVEC LA DESCRIPTION ABRÉGÉE DES ESPÈCES A FEUILLES HISPIDES PLACÉES DANS LES DEUX GENRES. (*Annales des sciences naturelles*, tome XXII, page 101.

> *Observation*. Il y a un extrait de ce travail dans le *Bulletin des sciences naturelles* de Ferussac, tome XXIV, page 181. 1831.

NOUVELLE FLORE DES ENVIRONS DE PARIS, 3ᵉ édit., 2ᵉ vol. : PHANÉROGAMIE.
> *Observation*. La Cryptogamie n'a paru qu'en 1834. *Voy.* plus bas cette année.

NOTICE SUR GEOFFROI DE VILLENEUVE, de l'Académie de médecine. (*Journal des transactions médicales*, tome VI, p. 140. — (Tirage à part.)

1832.

DU TÆNIA OU VER SOLITAIRE ET DE SA CURE RADICALE PAR L'ÉCORCE DE RA-CINE DE GRENADIER. 1 vol. in-8º.
> *Observation*. Cet ouvrage a obtenu un des prix Montyon , de l'Académie des sciences , en décembre 1832, parce que j'ai le premier fait connaître en France l'emploi vulgaire de ce médicament.

DICTIONNAIRE UNIVERSEL DE MATIÈRE MÉDICALE ET DC THÉRAPEUTIQUE GÉ-NÉRALE. (Avec M. Delens.) Tome IV.

NOTE SUR L'EMPLOI DES PÉTIOLES DE RHUBARBE ET SUR LA POSSIBILITÉ D'EN EXTRAIRE DE L'ACIDE OXALIQUE. (*Annales de la Société d'horticulture*, tome XI, page 133.)

NOTE SUR UN EMPOISONNEMENT PAR LA GRAINE DU SABLIER, *Hura crepitans* (Lin.). (*Annales d'horticulture*, tome XI, page 206.)

NOTE SUR UNE VARIÉTÉ DE POMME DE TERRE SANS FLEURS. (*Annales d'hor-ticulture*, tome XIII, page 342.)

NOTICE SUR LOUIS-ISIDORE NACHET, professeur à l'école de pharmacie. (*Journal de pharmacie*, tome XVIII, page 588.)

NOTE SUR LE GUACO, lue à l'Académie de médecine le 20 novembre. (*Gazette médicale* du 25 novembre 1832.)

1833.

DICTIONNAIRE UNIVERSEL DE MATIÈRE MÉDICALE ET DE THÉRAPEUTIQUE GÉ-NÉRALE. (Avec M. Delens.) Tome V.

1834.

RAPPORT SUR LA TEMPÉRATURE EXTRAORDINAIRE DE JANVIER 1834. (*An-nales d'horticulture*, tome XIV, page 245.)

NOUVELLE FLORE DES ENVIRONS DE PARIS, 2ᵉ édition, 1ᵉʳ volume (*Crypto-gamie*). (Voy. l'année 1831.)

DICTIONNAIRE UNIVERSEL DE MATIÈRE MÉDICALE ET DE THÉRAPEUTIQUE GÉ-NÉRALE. (Avec M. Delens.) VIᵉ et dernier volume.
> *Observation*. Cet ouvrage a obtenu un des prix Montyon de l'Académie des sciences, le 18 juillet 1836. (*Voyez* pour son *Supplément*, l'année 1846.)

1835.

RAPPORT SUR LA CULTURE DES MELONS, etc. (*Ann. d'horticult.*, t. XVI, p. 189.)

NOTICE SUR LE BLÉ QUI SERT A FAIRE LES CHAPEAUX DE PAILLE D'ITALIE. (*Archives de botanique*, tome II, page 575.)

NOTICE SUR DES TRUFFES DE LA FORÉT DE VILERS-COTTERETS (*Annales d'hor-ticulture*, tome XVI, page 407, et *Bulletin des séances de la Société d'agriculture*, tome III, page 183, 1ʳᵉ série pour renseignements.)

1836.

NOUVELLE FLORE DES ENVIRONS DE PARIS , 2 vol. in-18. 4ᵉ édition.

Notice sur la destruction du ver blanc et du hanneton. (*Le Cultiva-teur, Journal des progrès agricoles*, tome XII, page 228.)

1837.

Notice sur la culture en grand du thé en France. (*Annal. de l'agriculture française*, cahier de janvier, page 163.) — (Tirage à part.)

Notice sur une espèce de saule propre a retenir les terres le long des rivières (*Le Cultivateur*, tome XIII, page 145.)

Synopsis de la nouvelle flore des environs de Paris. 1 vol. in-18.

Note sur quelques variétés de pommes de terre très productives. (*Ann. d'horticulture*, tome XXI, page 304.)

Notice sur la production des cryptogames parasites des écorces des arbres, particulièrement sur celle des arbres fruitiers appelée vulgairement mousse des arbres. (*Ann. de l'agriculture française*, février 1838, il y en a un extrait tome I, page 168, du *Bulletin des séances de la Société d'agriculture*.) — (Tirage à part.)

Rapport sur les objets a observer en Perse, sous le rapport de l'his-toire naturelle. (*Ann. de la Société d'horticulture*, tome XXI, p. 268.)

1838.

Notice sur M. Tessier, de l'Académie de méd., etc. (*Anna'es de l'agriculture française*, janvier, page 13.) — (Tirage à part.)

Études sur les prairies naturelles. (*Annales de l'agriculture française*, cahier de mars, 1838.) - (Tirage à part.)

Notice sur le docteur Laurent, de l'Académie royale de médecine. (*Bulletin de l'Académie royale de médecine*, tome II, p. 644).

Manuel des eaux minérales du Mont-d'Or. 1 vol. in-18.

Rapport sur les eaux minérales de France, fait à l'Académie royale de médecine au nom de la commission des eaux minérales. (Tome VII des *Mémoires de l'Académie royale de médecine* in-4. — (Tirage à part.)

Notice sur le docteur Garnot. voyageur, correspondant de l'Académie de médecine. (*Bulletin de l'Académie de médecine*, tome III, page 77.)

Notice sur une prétendue nouvelle espèce de luzerne appelée alfalfa. (*Annales de la Société d'horticulture*, tome XXIII, p. 161 et 199.)

Analyse de l'herbier général de l'amateur, par Loiseleur Deslong-champs, 2ᵉ série. (*Annales d'horticulture*, tome XXIII, p. 245.)

Notice sur J.-B. Huzard, des Académies des sciences et de médecine, lue à ses obsèques. (*Annales de l'Agriculture française*, pour 1838.) — (Tirage à part.

Rapport sur l'arbre a la vache. (*Annales d'horticulture*, tome XXIII, page 26.)

1839.

Deuxième notice sur la culture du thé en pleine terre et en grand, en France. (*Annales de l'agriculture française*, nᵒ de février, 1839.) — (Tiré à part.)

Rapport sur les tubercules de *l'oxalis crenata* et la pomme de terre Sommelier. (*Annales d'horticulture*, tome XXIV, page 89.)

Sur une monstruosité de la fleur de la giroflée jaune a anthères changées en carpelles. (*Annales d'horticulture*, tome XXIV, page 325.)

Note sur des plantes tuées ou rendues malades par l'absorption de l'eau salée. (*Annales d'horticulture*, tome XXV, page 94.)

Maladies des végétaux. (*Le Cultivateur*, t. XV, p. 217.) — (Tiré àpart.)

1840.

NOTICE SUR UNE HÉPATIQUE REGARDÉE COMME L'ORGANE MALE DU *Marchantia conica* (L.) DONT J'AI PROPOSÉ DE FORMER UN GENRE NOUVEAU sous le nom de *NEMOURSIA*, figure 1. (*Annales de l'agriculture française*, n° de juillet, 1840. — (Tirage à part.)
> *Observation.* J'ai modifié depuis mon opinion sur cette plante.

QUELQUES PRÉCEPTES SUR L'AGRICULTURE, extraits de Pline, lib. XVIII. (*Annales d'horticulture*, tome XXVI, page 216.)

SUR UNE MONSTRUOSITÉ DU *LYCHNIS SYLVESTRIS*. (*Annales de la Société d'horticulture*, tome XXVII, page 16.)

NOTICE SUR LES RAVAGES QUE FAIT DANS LES RAMEAUX LES PLUS TENDRES DES ROSIERS, UNE ESPÈCE DE MOUCHE A SCIE. (*Annales d'horticulture*, tome XXVII, page 75.) — (Tirage à part.)

GÉOGRAPHIE DES PLANTES. (*Le Cultivateur*, tome XVI, page 96.) Réimprimée dans les *Annales d'horticulture*, tome XXVII, page 96. (Tirage à part.)

SUR LA CULTURE, LA FÉCONDATION ET LE ROUISSAGE DU CHANVRE. (*Le Cultivateur*, tome XVI, page 455.)

NOTE SUR LE PÉ-T-SAIE. *Brassica sinensis*, L. (*Annales d'horticulture*, t. XXII, pages 107 et 159.)

1841.

NOTICE SUR DIVERSES ESPÈCES DE THÉ. (*Annales d'horticulture*, tome XXVIII, page 99.)

TROISIÈME NOTICE SUR LA CULTURE DU THÉ. (*Annales de l'agriculture française*, n° d'avril, 1841.) — (Tirage à part.)

NOTE SUR DIFFÉRENTES ESPÈCES DE FENOUILS USITÉES ET CULTIVÉES DANS LES JARDINS. (*Annales de la Société d'horticulture*, t. XXVIII, p. 72.)

RAPPORT SUR TROIS ANTHELMINTIQUES D'ABYSSINIE, LE COUSSO, etc. (*Bulletin de l'Académie de médecine*, tome VI, page 492.)

RAPPORT SUR LE CACHENCHILLI, RACINE DE *L'IONIDIUM MARCUTII*, CONTRE LA LÈPRE. (*Bulletin de l'Académie de médecine*, tome VI, p. 948.)

NOTICE SUR LA LUZERNE DE L'HEDJAZ. (*Bulletin de la Société d'agriculture*, page 250.)

LETTRE A M. BAILLY DE VILLENEUVE SUR LA CULTURE DU *MADIA SATIVA*. (*Annales d'horticulture*, tome XXVIII, page 67.)

1842

RAPPORT SUR LA CULTURE DES PATATES de M. Reynier d'Avignon. (*Mémoires de la Société d'agriculture*, page CLXVI, volume de 1842.) — (Tirage à part.)

NOTICE SUR L'ABBÉ LINGOIS, ancien supérieur du collége du Plessis. *Biographie universelle* de Michaud, *supplément*, tome LXXII, page 21.)

NOTICE SUR BOURSAULT, célèbre horticulteur. (*Annales d'horticulture*, tome XXXI, page 42.)

SUR L'ENFOUISSAGE DU *MADIA SATIVA*. (*Bulletin de la Société d'agriculture*, tome II, page 367, 1re série; article reproduit dans le *Cultivateur*, tome XVIII, page 469.)

SUR LA CULTURE DU *PÉ-T-SAIE* COMME FOURRAGE PRÉCOCE. (*Bulletin des séances de la Société d'agriculture*, tome II, page 348, 1re série.)

1843.

ARTICLES : MÉRAT (*L. G.*), MÉRAT (*P G.*) *et MÉRAT-GUILLOT* dans la *Biographie universelle* de Michaud, *supplément*, tome LXXIII, p. 452.)

Revue de la flore parisienne. 1 vol. in-8 de 400 pages.

 Renfermant les additions et corrections des différentes éditions de la : *Nouvelle Flore des environs de Paris*, la nomenclature linnéenne des plantes du *Botanicon* de Vaillant, une lettre à M. J. Gay sur l'*Erysimum murale*, etc. ; avec des additions pour 1844, 45, 46 et 47.

Note sur la culture en grand du *PANICUM CRUS-GALLI*, L. (*Bulletin des séances de la Société d'agriculture*, t. III, p. 262.) 1re série : article répété dans les *Annales de l'agriculture française*, tome XXXIII, page 147.)

Article : Nachet dans la *Biographie universelle de Michaud, supplément*, tome LXXV, page 61.

1844.

Note sur la cuscute. (*Bulletin des séances de la Société d'agriculture*, tome III, 1re série, page 66.)

Reflexions sur un article de M. Ronzel, concernant le traitement du ver solitaire par la fougère male. (*Revue médicale*, cahier de septembre, 1844, page 27.)

Lettre a M. le directeur de la revue médicale sur la formation de l'adipocire par l'usage de l'huile prise a l'intérieur. (*Revue médicale*, cahier de septembre 1844, page 152.)

Destruction des roses naissantes par la larve d'une mouche a scie. (Article imprimé à la suite du *Traité de la rose*, de Loiseleur Deslongchamps, et dans les *Annales d'horticulture*, tome XXXIV, page 333.) — (Tirage à part.)

Notice sur le Salix stipularis *Smith*. (*Revue scientifique de Quesneville*, tome XVIII, page 129. (Tirage à part, avec le titre de *Notice sur les Salix stipularis et lanceolata, Smith.*)

Mémoire sur la possibilité de cultiver le thé en France en pleine terre et en grand. (*Annales de l'agriculture française*, du mois de juillet 1844.)

 Observation. Ce travail résume mes articles précédents sur le thé, de 1837, 39 et 41.

Revue botanique. (*Revue scientifique de Quesneville*, tome XIX, page 63.)

Rapport sur l'emploi du suc d'ortie comme hémostatique. (*Bulletin de l'Académie royale de médecine*, tome IX, page 1015.)

Essai sur les maladies des nerfs ganglionnaires. (*Revue médicale*, tome III, page 170. Octobre 1844.) — (Tirage à part.)

Note sur les cultures de l'Algérie. (*Bulletin des Séances de la Société d'agriculture*, tome IV, p. 594, 1re série.)

1845.

Additions de 1844 à la *Revue de la Flore parisienne*.

Notice sur M. Jaume Saint-Hilaire, membre de la Société d'agriculture. (*Bulletin des séances de la Société d'agriculture*, tome V, page 127; 1re série.)

Description d'une monstruosité du lys blanc, appelée lys double. (*Annales de la Société d'horticulture*, tome XXXVI, page 89, avec figure.)

Notice sur le genre thrincia, etc. (*Annales des Sciences naturelles*, tome IV, 3e série, page 367. — (Elle rectifie plusieurs des assertions de mon travail de 1831 sur le même sujet.) — (Tirage à part.)

1846.

Additions de 1845 à la *Revue de la Flore parisienne*.

Dictionnaire universel de matière médicale et de thérapeutique générale, 1 vol. in-8 de 800 pages, tome VII. (Supplément.)

1847.

ADDITIONS DE 1846 à la *Revue de la Flore parisienne*.

NOTE SUR LE PAIN DE RIZ. (*Bulletin de la Société d'agriculture*, tome III, 2ᵉ série, page 181.)

RAPPORT SUR LES EFFETS DU COUSSO D'ABYSSINIE. (*Bulletin de l'Académie royale de médecine*, tome XII, page 690.)

OPINION DE M. LE DOCTEUR MÉRAT SUR LA COLLECTION DES AUTEURS GRECS ET LATINS PROPOSÉE PAR M. DAREMBERG. (*Union médicale*, cahier de novembre 1847.)

1848.

ADDITIONS DE 1847 à la *Revue de la Flore parisienne*.

COURT MÉMOIRE SUR LA POSSIBILITÉ DE DONNER UNE PROFESSION HONORABLE A UN TRÈS GRAND NOMBRE DE JEUNES GENS AU MOYEN DE L'AGRICULTURE. (*Annales de l'agriculture française*, cahier de mars 1848.) — (Tirage à part.)

NOTE SUR LE *BOUSSINGAULTIA BASSELLOIDES*. HUMBOLDT et BONPL. (*Bulletin des séances de la Société d'agriculture*, t. IV, p. 144, 2ᵉ série.)

NOTE SUR LES CAUSES QUI OBLIGENT DE LEVER DE TERRE, CHAQUE ANNÉE, LES OIGNONS A FLEURS. (*Annales de la Société d'horticulture*, tome XXIX, page 433.)

NOTE SUR LA PARTIE QUI PORTE LES TUBERCULES DANS LE *SOLANUM TUBEROSUM*, L. *Annales de la Société d'horticulture*, t. XXIX, p. 357.)

SUPPLÉMENT AU PRÉCÉDENT ARTICLE. (*Annales de la Société d'horticulture*, tome XXIX, page 436.)

1849.

SUR LA MAUVAISE QUALITÉ DES ARBRES FRUITIERS CULTIVÉS DANS LES CAMPAGNES. (*Annales de l'agriculture française*, cahier de janvier 1849.) — (Tirage à part.)

ÉTUDES DES ROSIERS, ET EN PARTICULIER DES ROSIERS SUR TIGE. (*Annales de l'agriculture française*, cahier de février.) — (Tirage à part.)

NOTICE SUR LE *TEUCRIUM POLLIUM*, L. EMPLOYÉ CONTRE LE CHOLÉRA EN TURQUIE, (*Union médicale*, du 10 mai 1849.)

NOTICE SUR M. LOISELEUR DESLONGCHAMPS, de l'Académie de médecine. (*Bulletin de l'Académie de médecine*. tome XIV, page 798.) — Elle a été reproduite dans la *Revue horticole* du 1ᵉʳ juin 1849, et le tome XL des *Annales de la Société d'horticulture*. — (Tirage à part.)

NOTICE SUR UN NOUVEAU PROCÉDÉ DE TAMPONNEMENT DE NARINES. (*Union médicale*, du 4 septembre.) — (Tirage à part.)

NOTE SUR LES FÉCONDATIONS HYBRIDES DANS LES VÉGÉTAUX ET LES CONSÉQUENCES QUI EN RÉSULTENT POUR LE FRUIT. (*Annales de l'agriculture française*, cahier d'octobre 1849.) — (Tirage à part.)

NOTICE SUR J. LACOURNÈRE, de l'Académie de médecine. ((*Bulletin de l'Académie de médecine*, cahier de décembre 1849.)

SUR UN NOUVEAU REMÈDE DU GENRE *CUCUMIS* EMPLOYÉ CONTRE LA RAGE EN ABYSSINIE. (*Bulletin de l'Académie de médecine*, cahier de décembre 1849.)

NOTICE SUR PLUSIEURS TUBERCULES PROPOSÉS POUR REMPLACER LA POMME DE TERRE COMME ALIMENT, AVEC DES CONSIDÉRATIONS SUR LA CULTURE DE CETTE DERNIÈRE ET LA MALADIE DONT ELLE EST ATTEINTE. (*Revue horticole*, janvier 1850.)

Observation. Cette notice, imprimée en décembre 1849, n'a pu être publiée que le mois suivant.

Ouvrages imprimés, non signés.

CATALOGUE DE L'EXPOSITION DE LA SOCIÉTÉ D'HORTICULTURE, des années 1830, 1831, etc., in-18.

ANNUAIRE DE L'ACADÉMIE DE MÉDECINE, pour les années 1830, 1835, 1839, 1843, 1846, in-36.

RECUEIL DE FLEURS D'ORNEMENT, lithographiées par Langlumé. (Il n'y a eu que cinq livraisons de publiées, de six fleurs chaque, accompagnées d'un texte de moi. Paris, 1824, in-folio.)

Ouvrages manuscrits.

GÉNÉRALITÉS SUR LA MÉDECINE CLINIQUE recueillies aux leçons de clinique interne du professeur CORVISART, avec des *Aphorismes* extraits de ces leçons, et le Formulaire des médicaments employés par lui. 1807.

> *Observation.* Cet ouvrage devait être publié, après la révision de ce célèbre professeur, pour l'usage des élèves suivant ses cours, lorsqu'il quitta l'enseignement clinique. en 1807, par suite de ses occupations comme premier médecin de l'empereur Napoléon.

SYNOPSIS DE LA NOSOLOGIE MÉTHODIQUE DE SAUVAGES. 1811.

> *Observation.* Dans ce travail, fait à la manière des botanistes, les genres et espèces de maladies, compris dans la *Nosologia methodica* de Sauvages. qui forment 5 gros volumes in-8, ont été réduits à leurs caractères les plus précis. Les 2,600 espèces décrites par cet auteur, sous 398 genres, n'occupent dans mon *Synopsis*, que 116 pages in-12. J'ai le regret de n'avoir pas songé à imprimer ce travail dans le *Dictionnaire des sciences médicales.*

NOTES ET ADDITIONS AU TRAITÉ SUR LES MALADIES DES ENFANTS DE DESBOIS DE ROCHEFORT, ouvrage manuscrit de l'auteur du *Cours de matière médicale.* 1812.

TRAITÉ D'ANATOMIE PATHOLOGIQUE (non terminé), 1803 à 1814.

> *Observation.* Cet ouvrage, basé sur les ouvertures de plus de mille cadavres faites par moi, pendant les dix années que j'ai été chef de la clinique de la Faculté de médecine de Paris, devait former deux forts volumes in-folio.

Un extrait de ce Traité est inséré aux mots CŒUR (maladies du). — FOIE (maladies du). — LÉSIONS ORGANIQUES. — LARDACÉ (tissu). — ORGANES (lésions physiques des). — PRODUCTIONS COMPOSÉES. — RAMOLLISSEMENT. —TISSUS (lésions des), etc., etc., du *Dictionnaire des sciences médicales.* (Voy. les années 1815 à 1822.

RECUEIL D'OBSERVATIONS MÉDICALES faites à la Clinique interne de la Faculté de médecine de Paris, de 1803 à 1813, avec les ouvertures de cadavres et des réflexions des professeurs et de moi (plusieurs cartons).

DE L'ABUS DE LA CUMULATION DES PLACES, AVANTAGES POUR L'ÉTAT ET LES PARTICULIERS DE LE FAIRE CESSER. 1814.

DE LA NÉCESSITÉ D'AUGMENTER LE NOMBRE DES MÉDECINS DES HOPITAUX. 1814.

> *Observation.* Ce travail, communiqué en 1815 à M. Pastoret, membre du conseil des hôpitaux, parait avoir servi de base à l'organisation actuelle du personel médical des hôpitaux..

RÉFLEXIONS D'UN OBSERVATEUR SUR LE JARDIN DES PLANTES DE PARIS. 1820

RAPPORT FAIT A L'ACADÉMIE DE MÉDECINE SUR UNE NOTICE DE M. GRIMAUD RELATIVE A L'EMPLOI DE LA RACINE DE GRENADIER. (Archives de l'Académie de médecine. 1824.)

> *Observation.* L'Académie de médecine n'a commencé la publication du *Bulletin* de ses séances que depuis l'année 1836, de sorte que ce rapport et quelques uns des suivants n'ont pu être imprimés, et se trouvent dans ses Archives.

Rapport fait a l'Académie de médecine sur les chambres sépulcrales d'Orléans (Archives de l'Académie de médecine. 1824.)

Rapport fait a l'Académie de médecine sur le tremblement mercuriel. (Archives de l'Académie de médecine. 1827.)

Voyage aux bains du mont d'Or. 1832.

> *Observation.* Un extrait en a été publié sous le titre de Manuel des eaux du mont d'Or. Voir 1838.

Voyage aux bains de mer du Havre. 1833.

Voyage aux eaux de Bourbon-Lancy. 1834.

> *Observation.* J'en ai extrait un *Manuel des eaux minérales de Bourbon-Lancy*, restéég alement inédit.

Mémoire sur la manière d'atteler les boeufs au joug. 1837.

Nayade minérale française (non terminée). 1839.

De la récolte des feuilles des arbres pour suppléer le fourrage a donner aux bestiaux dans les années de disette. 1841.

Visite a Thomery en septembre 1842 pour observer la culture du chasselas, si renommé de cette localité.

Sur les revaccinations et leur inutilité pour les vaccinés. 1843.

L'art de faire et de prendre du bon café. 1847, poëme !

Notices biographiques sur plusieurs membres de l'Académie de médecine morts ou vivants, de 1822 à 1848.

Réformes proposées pour l'organisation actuelle de l'Académie de médecine. 1848.

Collection de dessins de plantes nommées par moi, avec le texte en regard, un portrait de l'auteur et une Notice biographique. 1848.

> *Observation.* Il y a 55 planches in-folio représentant 88 plantes, dessinées par F. Rassat, élève de Redouté et de Decaisne.

Note critique sur un passage de la comédie de Pourceaugnac. 1848.

Note critique sur le nom de *SOFAL* qu'on trouve dans Boileau. 1848.

Pensées et réflexions médicales de 1815 à 1849. (Cinq cahiers In-8 et in-4.)

Notes nombreuses de botanique, écrites sur des papiers blancs intercalés entre chaque page des diverses éditions de la *Nouvelle Flore des environs de Paris*, et de la *Revue de la Flore parisienne* ou dans mon *Herbier des environs de Paris* de 1797 à 1849.

Notes et réflexions sur le jardinage et la culture des fleurs, pendant les années 1844, 1845, 1846, 1847, 1848 et 1849.

Notes et extraits pour la composition du tome VIII du Dictionnaire universel de matière médicale et de thérapeutique générale. 1846.-1849. (*Deuxième* supplément.)

> . . . . . . *Nil sine magno*
> *Vita labore dedit mortalibus.*
> Horace.